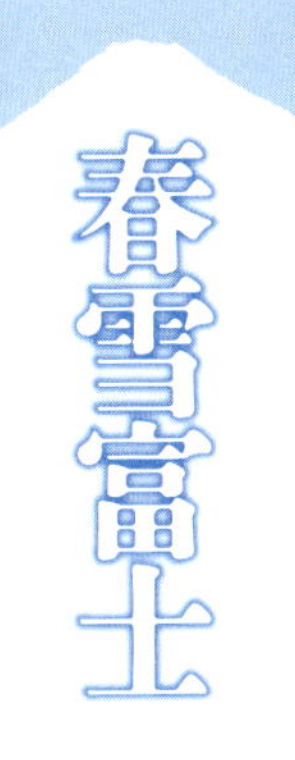

加藤夕陽子

Kato Sekiyoshi

句集

文學の森

句集　春雪富士——目次

装丁　巖谷純介

句集
春雪富士
しゅんせつふじ

ゴンドラ

水温む朽ちし木橋を渡りけり

初蝶やまだ切株の新しき

花菜風テラス大きく突き出せり

亡き母を想ふ蓬の群生に

花祭り背負ふ赤子の笑ひをり

コーヒー飲むテラスに光る初夏の海

新緑の湖に心を鎮めをり

ゴンドラの浮かび万緑ひろがれり

滝音のとどく山小屋丸太組む

吊橋の揺るる大滝真正面

亡き母

亡き母の草取りしあと追ふごとし

栗の花山へ山へと宅地殖ゆ

寂庵のみどり溢るる嵯峨野かな

万緑の嵯峨野竹林くぐりけり

長子らの家族久しき青葡萄

合歓の花園児らさきに挨拶す

青空の嵌まりて水の澄みにけり

畦草を刈りて棚田の目覚めけり

背を丸め媼稗取り抱へ来る

ひまはりや溶接の火の白色に

椅子を置く休耕田やきりぎりす

秋日傘明るき話題つづきけり

学習の子らに滝川澄みにけり

秋の風人恋ふ牛に鳴かれをり

天高し白き螺旋の階登り

茶の花や亡き母のごと媼現れ

櫨紅葉子を抱き止める滑り台

草原の広さ知らざり秋の蝶

野菊晴れ童の頃の跡捜す

秋耕を終へて翁の笑顔かな

白鳥の水湧く石に休みけり

湖の面の山動かざり神の旅

勘助の生地冬鵙消えゆけり

木守柿田へ置きざりの耕運機

樹の間より海きらめけり冬の雁

雪富士の覆ひかぶさる入植地

火を囲み寄せ鍋強く吹き立たす

湖岸よりぐんぐん伸びる初氷

田の水に芹洗ひをり声若し

冬萌えや蚕室にとどく沢の音

蜂の巣のぶらさがる垣北風の道

寒鴉牧の大樹に咲くごとし

囀りや鎖でかこむ高座石

屋台組む緋寒桜をくぐりては

帰港してねむるがごとし白子船

びっしりと春雪敷きし牛魂碑

春雪の富士の嶺まぶし赤人碑

漢文の赤人の碑よ揚雲雀

首塚を祀りし村のかげろへり

吊橋を口笛ならし風光る

築堤碑影ちりばめる辛夷かな

釣り人の川へ入り行き風光る

鋤き込みし田に一本の花菜起き

田水張る明るき村のもどりけり

うぐひすや樹林の先の道ひかる

富士桜五千石碑のうす明かり

太陽と富士

毛を刈られ子連れ綿羊牧へ出る

桜海老干す潮の香をひろげては

柿若葉句集の色を誉めらるる

竹の子を刻む俎板傷深し

行灯の揺れて旅籠の奥涼し

女人らの踊るがごとし藤の花

釣り場へといざなふ道や岩清水

青梅や昏き三和土の地割れして

滝の前の瀞ああをああと力溜め

声零し青田を走る仔鴨かな

ずぶ濡れの仔鴨寄り来る青田風

太陽と富士とみづうみ露涼し

水はじく水掛不動汗引けり

兵の墓蓮の実飛ぶを見てゐたり

テーブルも椅子も石なる蓮白し

秋風の吹く小窓より馬の貌

庭手入れ木に風鈴の鳴りてをり

崖に座す五百羅漢よ天高し

案山子立つそれぞれ合羽きつく締め

過疎村の一本道やこぼれ萩

稲明かり癒えて笑顔の戻りけり

金木犀滝音とどく芭蕉句碑

鵙猛る畑を終へし翁かな

無花果や土石流ある立看板

金風や羅漢の見詰む水平線

秋うらら校舎ガラス戸透きとほる

開拓の墓地に梵鐘冬鴉

滝川を鶺鴒飛びて弾みをり

かさかさと紅葉かつ散る保安林

間伐の樹の倒れをりダム湖澄み

冬鵙や岩礁に乗る水神碑

山襞へ隠るるごとし冬の滝

渓流をめぐらし冬の竹青し

紅葉散り瀞の底まで明るくす

語りたきやうな遺影や年暮るる

赤錆の鉄橋北風の吹きさらし

冬たんぽぽ駿河の国の王の墓

切手売る空に辛夷のひろがれり

葦の間やつぶやくやうに浮氷

川芹の湧水ひびく棚田かな

合格の絵馬に重ぬる花明かり

縄文の遺跡埋め立て山笑ふ

水温む畦の弾力踏みゆけり

初音かな牛舎はみ出す牛の尻

桃の花

棚田かな唄ふごとくに雪解川

白梅の芯よ長壽を祝ぐごとし

麦踏むや高圧線の唸る下

百度塚撫でてめぐりぬ花の雨

牛飼ひし杭のみ残る桃の花

畦へ置く大型薬缶藷植うる

残る花散る花ありて淵青し

花びらの流れに乗りて生き返る

渓流の岩狭まりてほととぎす

茶畑の緑のうねり良き日かな

白子丼釣り船揺るる涼しさよ

白子干し雪舞ふごとく撒きゐたり

瀞青し岩礁来たる麦藁帽

一枚岩を清流すべり風薫る

狩宿の風鈴主亡きあとも

沈下橋押さへて渡る夏帽子

天守閣四方より南風の通り過ぐ

三光鳥山靴の紐締め直す

売店の雪渓明かり人招く

護摩壇の炭残りをり三光鳥

梅雨に入る重機急坂登り詰め

絶壁を雪渓はしり池青し

台風圏牧水歌碑の赫く濡れ

合歓の花流るる雲を清めをり

パリー祭鱒跳ね棚田ひろがれり

再会の棚田の中の白日傘

初蟬や亡き母座せし濡れ縁に

刻々と水平線現れ草雲雀

萩の花生活の路の狭きかな

田へ向かふ傴笠締め萩の花

波音のフェンスに垂るる栗南瓜

伊豆の山越え来しバスや栗ゆるる

本堂の凹む座布団曼珠沙華

湖の端の赤き鳥居や雁渡る

天高し高楼窓を開け放つ
遊ぶ子の川へ一歩や草の花

大木の倒れし谷間鵙猛る

十月や百才祝ひ並び撮る

稲架組むや水音滲みる無縁仏

返り花海を見渡す乳母車

背戸口の媼無心に柿を剝く

サファリパーク

冷まじや道をライオン塞ぎゐる

根深

海光や芯の紅増す冬薔薇

蜘蛛の露まぶし六花の墓探す

出て来たる妊婦の笑顔菊日和

てのひらへ乗る綿虫や湖を来て

茅葺きの旧家綿虫とどまれり

煮立ちたる鍋に根深をひと摑み

殉国の位牌さむざむ並びけり

大露の亀の形の火山弾

山眠る川原を水の清めけり

流木の横たふ川原冬ざるる

リハビリの習字をどりぬ牡丹雪

冬耕や富士荒肌をむき出しに

時刻むごと泡立てり寒造

軒つらら砕く杜氏の能登訛

けぶりゐる雪山水の鳴りゐたり

流木の渚に白し西行忌

御用邸に琴の音ありて春の海

白梅が咲き紅梅をうながせり

落雷の松の裂けをりとんび鳴く

風邪の師を送りて富士の嶺現るる

幾重にも砂防の堰や残り鴨

群れて来る鯉ゆつたりと長閑なり

春雪を被りて富士は雲巻けり

樟大樹を髪梳くごとし春疾風

梅花藻の花咲く村の始まりぬ

初花や谷の水車の唄ふごと

青鷺や霧に山荘かくれゐて

朧月腰痛去りて明けにけり

山ざくら富士へむきゐる鳥瞰図

青蔦の這ひをり曾我の隠れ岩

花紫蘭ガラス戸磨きゐたりけり

蛇の衣

岩が水捻りて青し風五月

白日傘川音容れて先に行く

唸るごと山へ蘖し草を刈る

道祖神植田の風をまともにす

吊橋を渡り出水の高鳴れり

夏怒濤白灯台にくだけたり

滝の水飲み胃の形思ひけり

蛇の衣黒雲山を下り来たり

蛇苺村の集会はじまれり

草刈つて山への標現はるる

赤人の歌碑伸び上がる夏の富士

展けたる水平線や雲の峰

法螺貝のさきがけとどく登山道

子の声にピンク濃くなる蓮の花

姫を呼ぶやうに上向き合歓の花

無縁仏夏の木立に雨凌ぐ

竹林を走る渓水ほととぎす

山百合やチップを敷きし遊歩道

蓮の花空に天女の舞ふごとし

合歓の花瀞の青さを覆ひをり

盆の月富士山小屋のまばたく灯

草の露踏み連山に抱かれて

湖の風小窓をはたくバンガロー

落石を防ぐ金網滝真白

白壁の神鎮まれり滝しぶき

バンガロー網に食器を吊し干す

野鳥待つ太き切株露涼し

龍馬もゐる明治の写真秋涼し

昼の虫馬頭観音傾ぎをり

蓑虫や薄墨のごと富士現るる

酔芙蓉顔を覆ひし農の嫁

滝音へ向かひ寡黙の秋日傘

軒に吊る明治の駕籠や秋の風

榧の実の光の中の昼餉かな

頭絡

童顔の五郎十郎さはやかに

秋澄めり大玉競ふ麓の子

黒牛の鼻息あらし富士に雪

頭絡を壁に吊せり小鳥来る

赤のまま自然林へと導けり

胸像の笑顔向きゐる紅葉かな

園児らも輪となる昼餉蝗来る

亀もぐる池のさざなみ野菊晴

菊挿して白隠禅師ねむりをり

吊橋の揺るる水面の鴨眠る

冬紅葉湧水へ色刻みをり

高台の村の半鐘冬鴉

激流に吸ひ込まれさう枯尾花

木枯や水害の岩現はるる

雪山を背負ひ林火の句碑据わる

楠大樹落葉を高く掃き寄する

牛の目の赤し棚田は雪を敷く

寒梅や湖のさざなみまぶしくて

冬滝をよぎる鳥あり鳴きもせず

海へ向く五百羅漢や春隣

風生の句碑に寄りたる梅白し

子を抱ける水子観音寒明くる

新築の槌音たかし風光る
朽ちて咲く白梅語りたきやうに

犬ふぐり廃校に立つ石の門

勘助の母の墓石やあたたかし

卒業の子らも輪に入る昼餉かな

富士塚の水垢離の石あたたかし

学僧を送り出したる紫木蓮

うぐひすや銅像の武士矢を放つ

春雪富士

軒氷柱牛は無心に餌喰らふ

雪富士の雲飛び牛は岩のごと

雪空がスカイツリーを飲むやうに
雪積もる歩道足跡辿りけり

海老網を河原に束ね春を待つ

古刹寒し上がり框の擦れにけり

竹千代の手習ひ鶴の屛風かな

花茣蓙の玉座を高く梅白し

白梅や西行も富士仰ぎたる

春雪の富士ある窓を開けにけり

祈るごと畝へ置く妻薯植うる

白梅やくつきり浮かぶ巫女の舞

八十路かな霞の富士に鎮まりぬ

花蜜柑

戦没者の名の彫り深き春寒し

東屋へ陽射し入り来る初音かな

踏み行けば湖岸に鳴れる春の雪

蛇穴を出づ悠然と身を晒す

巡業の力士子を吊り風光る

童謡の碑の歌詞たどる花明かり

海光の蜜柑の花の山登る
うぐひすや供養塔へと登りつめ

茶畑の五月の風に吹かれをり

水害の山藤宙に吊られをり

命あるごと舞ひ下りる竹落葉

新樹光農園に立つ風向計

蟹の居る岩を湧水磨きをり

水紋

水紋に山女の影の残りけり

鉄線花軒まで薪のびつしりと

著莪の花崖下に置く椅子に座し

潮匂ふ小次郎の碑の花茨

夏木立軍人墓地へ風通す

宴の灯を消すや巨船の灯の涼し

七変化閉ざせるままの管理室

展示せし旅籠鉄瓶梅雨冷えに

夏霧に乗りたるごとし乗馬して

ディアナ号のマストの高し夏館

避難地と決めたる台地栗の花

大僧正の尼のむらさき衣涼し

白浪の砕けて散れり夏鷗

蓮花の咲くを促す寺の楽

古代より村の水源蟬しぐれ

湧水に白装束の山開き

草いきれ首塚祀る古戦場

青空へ招くがごとし蓮の花

焦げあとの残る切株秋の蟬

甲斐の駅の長椅子に敷く夏布団

青富士の雲を抜け出し小鳥来る

立秋や棚に展示の竹とんぼ

実むらさき川を堰き止め子ら燥ぐ

蓮の実の飛び出しさうな峡の村

葛の花駿河の王の古墳かな

みはるかす古墳に立てば秋の海

湿原の亀裂の道や葛の花

鰯雲旅の窓開けくつろげり

流星の伝説ありし谷の村

のがれ来し平家の栖法師蟬

山粧ふ

寺の萩遺跡の風にふくらみぬ

木犀の下に笑ひのつづきけり

碑の埋まる竹林昏し曼珠沙華

赤とんぼ教室に貼る富士絵画

鳥の飛ぶ方へなびけり蕎麦の花

山粧ふとびとびの村抱くやうに

片仮名の戦地の地図や鵙高音

秋の蝶里の傾斜のなだらかに

湖と湖つなぐ樹海を鷹渡る

蕎麦の花咲かせて米寿迎へけり

ひとりごとのやうな山水蔦紅葉

柚子の里富士山頂のかがやけり

坂登る紅葉のやうな手に紅葉
燃ゆるごとき紅葉の下へ誘はるる

木の実落つ昭和を語る翁かな

山に住み終のすみかや冬に入る

茶の花や亡き母の声聴きたくて

単線の警笛鳴るや冬耕に

柿たわわ六花の墓を守るごと

滝音の紅葉よろこぶやうに揺れ

両脇に岩くらがりの冬の滝

浮寝鳥友の癒ゆるを祈るごと

枯芭蕉出稼ぎ人の急ぎけり

冬ざれや住みし石垣崩れたる

七福神寺の槌音ひびきけり

冬の川岩を抉りて青みけり

湧水や舞ひ出すやうに羊歯揺るる

梅ほころぶ通行止めの鎖錆び

富士を背に棚田つぎつぎ鋤始

七面堂の浄水涸れてゐたりけり

象の目

待春や一人一打の鐘鳴らす

湖へ下り北風もろに襲ひ来る

北風を除けて寄りゐる長屋門

山始みるみる村の現はるる

男坂来て蠟梅の香るかな

炉話や据わり良き丸椅子に座し

正面の博士の石碑囀れり

熔接の火がまなうらに梅真白

画廊へ置くグランドピアノ春を待つ

童謡の大きな歌碑やあたたかし

激流に洗はれ芹のみづみづし

侘助の花清めたる画廊かな

コーヒーの香るテラスの四温かな

骨ばかり残すハウスや山笑ふ

老鶯やてらてら水面揺れゐたる

花の風米磨ぐ水車勢ひをり

かげろへる鳥獣保護区歩きけり

春愁や湖沼の波のひろがりに

山里を巣藁くはへて鳥迅し

盆栽の鋏並ぶや木瓜の花

卒業の子らの雨傘廻りをり

馬頭観音耕す鍬の柄に休む

ひざまづく仔牛見詰むる花の雨

首塚は墓地の中心のどかなり

役所出て楠の大樹のみどりかな

花の雨遊具の象の目が笑ふ

紫木蓮鉄の扉を閉ぢしまま

地上舞ふ花びらつひに渦となり

雨の茶会和服コートのカラフルに
どこまでも斑の花の影を踏む

連山の見ゆる切り株囀れり

青鷺の羽ひろげたり富士を前

楔

丸太橋青嶺かぶさり来たりけり

住職の礼ふかぶかと藤の花

藤の花山住み病吹き飛ばす

鉄の輪をはみ出し薔薇の揺るるかな

夏蝶の迷ひなく舞ふ千枚田

ほととぎす轆轤明かりの裸灯かな

胸像の肩光りけり夏つばめ

猛犬の薔薇のフェンスに攀ぢ登る

山裾の青田越しなる海光る

神官の日焼け破顔の白衣かな

湧水に浸けて夏葱洗ひけり

青胡桃宙とどろかす大河かな

梅雨晴れや番の鴨の頭上飛ぶ

断層の滴り羊歯の濡れゐたり

蛇の出るやうな山路神祀る

富士塚へ禊丸石積まれけり

夏つばめ白灯台の浪をどる

白子船帰りて鰡の波涼し

亡き母の性賜りぬ藤の花

流鏑馬の人垣駒の突つ走る

蜜豆の糖混ぜ話題弾みをり

橙ポピー他国へ向かふ潜水士

夏つばめ富士荒襞の現はる

吊橋をくぐり出水の海へ急く

句集　春雪富士　畢

跋

人生に於いても、俳句の世界に於いても大先輩の加藤夕陽子さんに跋文を依頼され、戸惑いもしたが、何度か静岡県内（田子の浦・田貫湖・旧東海道・沼津御用邸・浅間神社・三保の松原・清見寺など）の吟行でお世話になり、何時も明るい笑顔で接して下さるその人柄に惹かれていたので、僭越ながら喜んで引き受けた。「笑顔」は本人だけでなく句の中にも「笑顔」があり、句がいよいよ明るくなっている。

亡き母を想い、また子供や牛などをも慈しまれた句が随所に見られる。

亡き母を想ふ蓬の群生に

亡き母の草取りしあと追ふごとし
茶の花や亡き母のごと嫗現れ
初蟬や亡き母座せし濡れ縁に
茶の花や亡き母の声聴きたくて
亡き母の性賜りぬ藤の花

これだけを読んでも夕陽子さんの人柄が分る。御母堂も同じ性で明るい人であったのだろう。季語と「亡き母」という措辞のコンビネーションが抜群である。

吟行地では夕陽子さんの墓地と生前墓（寿陵）に詣で、まさに生身魂に手を合わせたというエピソードがある。寿陵を作ると長生きすると言われているが、夕陽子さんの長生きも間違いない。

「花鳥と人間は同じ存在である」と虚子が言っているが、夕陽子さんの句はまさに彼という人間そのものである。春（一〇〇句）・夏（一一三句）・秋（九三句）・冬（六八句）・新年（五句）の合計三七九句が収められている。季語も二四七個ある。如何に幅広く季語の本意を熟知され詠まれているかがこのことからも分る。句集を読みながら、一緒に吟行した時のことを思い出し、その風土に改めて吸い込まれていくようであった。

職歴と俳句は無関係ではあるが、王子製紙における本職は応用化学の分析であり、紙の加工の接着剤の改善で実用新案が採用された。
俳歴も小倉岳杳・大野林火に師事されながら、また「寒雷」や「天狼」も毎月購読されていたが、病気のため長く俳句から遠ざかっておられた。その後、佐野まさるさんに誘われ「百鳥」に入会し、現在に至っておられる。

花祭り背負ふ赤子の笑ひをり

長子らの家族久しき青葡萄

水戸に住むご長男家族とのひと時であろう。

合歓の花園児らさきに挨拶す

学習の子らに滝川澄みにけり
櫨紅葉子を抱き止める滑り台
遊ぶ子の川へ一歩や草の花
子の声にピンク濃くなる蓮の花
卒業の子らも輪に入る昼餉かな
卒業の子らの雨傘廻りをり
実むらさき川を堰き止め子ら燥ぐ

作者も子らに近づき、子らも作者に話しかける。作者の居る場所・動作が見てとれる。子に愛されることこそ一人前の人間の証である。

秋の風人恋ふ牛に鳴かれをり
初音かな牛舎はみ出す牛の尻
牛飼ひし杭のみ残る桃の花
軒氷柱牛は無心に餌喰らふ
ひざまづく仔牛見詰むる花の雨

黒牛の鼻息あらし富士に雪

雪富士の雲飛び牛は岩のごと

吟行で詠まれた句もあるだろうが、作者自身が田畑を耕されているとお聞きしたことがあり、むべなるかなの感がする。まるで「牛」という席題に答えるようである。句集の中に「頭絡」という言葉も出て来る。人に、そして動物への愛情の注ぎ方は尋常ではない。

平凡社の歳時記の「春の部」に作者の句、

鋤浅く四方に斑雪の開拓地

「秋の部」に、

絶壁をふちどる岬の大露や

がある。物を見る目というのは、本職だった化学分析者の目と共通するものがあるのかもしれない。「濱」では巻頭にも選ばれている。

「春雪富士」

今回の句集『春雪富士』は夕陽子さんならではの作品である。自分の机より富士山を正面にして毎日心を清めておられるという。世界文化遺産にも決まり、グッドタイミングの句集上梓である。我々が偶に見る富士山とはけた違いであり、句集の中では二〇句の富士を詠まれている。

春雪の富士の嶺まぶし赤人碑
春雪の富士ある窓を開けにけり
八十路かな霞の富士に鎮まりぬ

作者の一日は富士を見ることから始まる。今年八十五歳になられるが、第三句集を目指しておられると聞く。

海老網を河原に束ね春を待つ

桜海老の干されているところを見たかったがすでにシーズンは終わっていた。

祈るごと畝へ置く妻薯植うる

「祈るごと」の措辞に妻への愛情の深さを知る。

白梅や西行も富士仰ぎたる

自分も西行や赤人と同じところから富士を見ているその感興。私も作者と一緒に眺めた。

竹千代の手習ひ鶴の屏風かな

若き日の家康が、苦労の中でも書や絵の勉強をしていたことへの畏敬の念。地元の人にとって家康は誇りであろう。

富士山といえば「湧水」の句だろう。一日四五〇万トンの水が地下に浸みこむと言われている。私も忍野八海での富士山の夕影を見た時の感動は忘れられない。その他、楽寿園・柿田川・白糸の滝・富士五湖なども探訪した。

湧水に白装束の山開き

川芹の湧水ひびく棚田かな

冬紅葉湧水へ色刻みをり

蟹の居る岩を湧水磨きをり

湧水や舞ひ出すやうに羊歯揺るる

湧水に浸けて夏葱洗ひけり

*

ゴンドラの浮かび万緑ひろがれり

ゴンドラと万緑、「浮かび」「ひろがれり」と自分は今大宇宙の中に居る実感。

寂庵のみどり溢るる嵯峨野かな

寂聴さんは非常に気さくな人である。私も嵯峨野を歩いた時に寂庵の戸から覗いていたら出て来られ、「お入りなさい」と言われた。その時も「みどり溢」れていた。

背を丸め嫗稗取り抱へ来る
ひまはりや溶接の火の白色に
天高し白き螺旋の階登り

田子の浦海岸だったか、螺旋階段を登ると溶接の火が確かに白く見えた。

秋日傘明るき話題つづきけり

羨ましい。毎日暗い話が続いている今の世で明るい話が続くのは、夕陽子さんが周りを明るくし、話題もつい明るい話ばかりになるからであろう。

野菊晴れ童の頃の跡捜す

自分のことを「童」という。少年夕陽子さんの顔が浮かぶ。

帰港してねむるがごとし白子船

朝早くから白子漁をして帰って来た船、その前の食堂で観光客は白子丼を食べる。美味いこと、美味いこと。

行 灯 の 揺 れ て 旅 籠 の 奥 涼 し

旧東海道筋の旅籠には歴史を感じさせるいろいろなものがある。行灯もその一つである。

太 陽 と 富 士 と み づ う み 露 涼 し

陽と山と湖という大自然の中に坐せば人の心は自然に癒され、涼しく思われ、田貫湖の秋を満喫した。

無 花 果 や 土 石 流 あ る 立 看 板

まるで昨年夏の広島での土石流災害を思わせる。あの無花果の木はどうなっただろうか。

切 手 売 る 空 に 辛 夷 の ひ ろ が れ り

「切手」ときて「辛夷」、この組み合わせが辛夷の明るさを引き立てる。

　牛飼ひし杭のみ残る桃の花

牛を飼い、田を耕していた頃の杭のみが今は残るが、何も知らぬげに、或は知っているかのごとく桃の花が咲いている。

　白子干し雪舞ふごとく撒きゐたり

桜海老干しの景も壮観だが、白子干しの景もさぞ壮観だろう。「雪舞ふごとく」がそれを言い得ている。

　パリー祭鱒跳ね棚田ひろがれり

鱒の跳ねるのを見て「パリー祭」の季語が浮かぶとは、作者の発想・技の確かさ。

田へ向かふ媼笠締め萩の花
瀬戸口の媼無心に柿を剝く

子供へ向けられるのと同じような優しい眼差しが媼にも向けられる。

出て来たる妊婦の笑顔菊日和

少子化の時代、子供の誕生は嬉しい話題だ。丈夫に生まれてほしい。笑顔は妊婦だけでなく作者の笑顔でもある。

煮立ちたる鍋に根深をひと摑み

新鮮な根深、そして鍋で食べる味の良さはまた格別である。

御用邸に琴の音ありて春の海

沼津御用邸ではいろいろな会が催される。句会中に「春の海」の琴の音が聞こえてきて、しばし句作を中断する。

蛇の衣黒雲山を下り来たり

怖い蛇と「黒雲山」の「黒」がおどろおどろしい。頼朝が泊ったという狩宿の作。

法螺貝のさきがけとどく登山道

作者のあとがきにもあるように、山伏姿の大人たちが法螺貝を高らかに鳴らし登山している雄姿が描かれている。

酔芙蓉顔を覆ひし農の嫁

酔芙蓉と女性の取り合わせは多いが、この「農の嫁」というのが可笑しいようであり、楽しい。一日だけの命、明日は貴女にまみえることができない。

頭絡を壁に吊せり小鳥来る

農作業が無事終わり頭絡が壁に吊されホッとした時、小鳥が顔をのぞかせた。

冬紅葉湧水へ色刻みをり

「色刻み」で成功した。

勘助の母の墓石やあたたかし

勘助は戦時中一時静岡県に疎開したが、そこは母の実家であったのだろうか。勘助は漱石に師事している。

海光の蜜柑の花の山登る

私は薩埵峠を越える時この景を見た記憶がある。蜜柑といえばやはり作者の住む静岡県だろう。

水紋に山女の影の残りけり

富士の湧水池の水紋だろう。水の紋か山女の影か、透き通るような水である。

山装ふとびとびの村抱くやうに

「とびとびの村」とは過疎村のことを言うのだろう。しかし、その村が装われた山に抱かれているという優姿。

湖と湖つなぐ樹海を鷹渡る

富士五湖の近くの樹海では自死する人が多いと聞く。そういうことの起こらないように、鷹が見守る如く渡ってゆく。悠然たる景。

花の雨遊具の象の目が笑ふ

作者の家の近くに確か公園があったと記憶している。散策中にベンチに座り、遊具の象を見たらニッコリと迎えてくれたのだ。

富士塚へ禊丸石積まれけり

あとがきにもあるように、田子の浦海岸で禊をして富士塚に浜石を積み上げ富士登山をする。現代の人間もこの禊が必要であろう。

跋文を書くというより俳句を教わる気持ちで読ませていただいた。今の世の中は暗い話が多いが、この句集を読むとそういう気持ちは吹き飛ばされる。二つの句会をリードされ、その上に親切心と義理人情にこだわられ、昨年六月からは新しく「落柿句会」の指導者となり、まもなく「百鳥」のメンバーに加えられるであろう。楽しみである。

全国の夕陽子ファンと共に第二句集『春雪富士』の上梓に拍手を送りたい。

二〇一五年一月

井上　進

あとがき

『春雪富士』は私の第一句集『家紋』につづく第二句集である。

春雪の富士山は純白・無垢で一年の始まりに相応しい姿である。二〇一三年に富士山が世界文化遺産に登録されてより、信仰の山としてますますその機会が増し、官幣大社富士山本宮浅間大社の参拝者も増加、三保の松原を加えた美は世界にも広まったのである。

そもそも富士山の起源は、第一の噴火は二十～七十万年前に小御岳火山、八万年前に古富士火山、一万年前に新富士火山の三回と、宝永噴火を加えれば実に四回の噴火によって現在の美しい富士山が形成されたのである（富士山資料館による）。

富士山といえばその勇姿とか信仰が一般的であるが、忘れてはならないのは、とめどなく続く「湧水」である。一説によれば湧水は一世紀前の富士山頂の積雪が溶け出したものもあると言われている。

富士登山の説は色々あるけれども、室町時代の記録には駿河湾の田子の浦海岸で禊をして富士塚に浜石を積み上げ、村山浅間神社から白装束・金剛杖・松明のもと富士登山した例も残っている。

村山浅間神社の山開き行事は現在も盛大に実施されている。当日は地元の中学生が団体でパンツ一枚姿、つぎつぎに湧水のシャワーを浴び禊をしている。一方、山伏姿の大人達が護摩壇を焚き身を清め、白装束・金剛杖・松明に身を固め、法螺貝を高らかに鳴らし登山する雄姿は見事である。

法螺貝のさきがけとどく山開き

また、富士宮浅間神社では神田川の湧水に浸かり、白装束姿の登山者も見られる。

湧水に白装束の山開き

私は全国の俳句愛好者から多くの便りを頂いており、励ましの言葉に次の段階を強く刺激しているのである。毎月五回の同僚との吟行と、俳句会での切磋琢磨の賜であると感謝している。

今回も大串章先生にはお忙しい中第二句集の選を頂き、大変感謝申し上げている次第である。また、井上進氏には跋文を頂き、その好意に感謝している。

今回の第二句集の発刊につき、比田誠子様にはご指導を頂き、また「文學の森」の林編集長にお目にかかることが出来たことも有難く感謝している。

今年八十五歳を迎える心構えとして、これからは第三句集を目指して今日から再出発したいと心新たにしている。

二〇一五年一月

加藤夕陽子

著者略歴

加藤夕陽子（かとう・せきようし）　本名　昭五

1930年　富士市生まれ
1950年　「濱」入会
2002年　「百鳥」入会
2008年　「百鳥」同人、俳人協会会員

句　集『家紋』

現住所　〒416-0907　静岡県富士市中島26-11

句集　春雪富士（しゅんせつふじ）

百鳥叢書第七九篇
発　行　平成二十七年一月九日
著　者　加藤夕陽子
発行者　大山基利
発行所　株式会社　文學の森
〒一六九-〇〇七五
東京都新宿区高田馬場二-一-二　田島ビル八階
tel 03-5292-9188　fax 03-5292-9199
e-mail　mori@bungak.com
ホームページ　http://www.bungak.com
印刷・製本　竹田　登

ISBN978-4-86438-398-1　C0092